Isbjørnen

Andre klassikere udgivet ved Poul Erik Kristensen:

Jeppe Aakjær:

Fra min bitte-tid (erindringer). 2016.

Drengeår og knøsekår (erindringer). 2016.

Hedevandringer (kultur- og naturbeskrivelse). 2016.

Vredens børn (roman). 2016.

Bondens søn (roman). 2016.

Arbejdets glæde (roman). 2016.

Vadmelsfolk (noveller). 2016.

Johan Skjoldborg:

En stridsmand (roman). 2017.

Gyldholm (roman). 2017.

Per Holt (roman). 2017.

Alexander Rasmussen:

Forvalteren på Lindenborg (roman). 2017.

Henrik Pontoppidan

Isbjørnen

© 2017 Poul Erik Kristensen
Forlag: BoD – Books on Demand, København, Danmark
Tryk: BoD – Books on Demand, Norderstedt, Tyskland
ISBN 978-87-7188-491-3

Udgiverens forord

Henrik Pontoppidan (1857-1943) regnes blandt Danmarks store forfattere. I 1917 modtog han da også Nobelprisen i Litteratur. Begrundelsen var "hans autentiske beskrivelser af dagligliv i Danmark."

Flere af hans bøger betragtes i dag som klassikere, og måske er den lille roman Isbjørnen den mest læste af dem alle. Den er udkommet i adskillige oplag og er da også tidligere blevet ført sprogligt ajour, men i mine øjne har den gamle bog altså nu trængt til en ny omgang.

Det er dog sket med særdeles nænsom hånd. Hvor jeg har været i tvivl om det rimelige i at foretage en rettelse, har Pontoppidans egne ord altid fået lov til at bestå. Forfatteren har med andre ord hele tiden stået over grammatikken.

Poul Erik Kristensen

1. kapitel

Forestil dig, kære læser, et stort, luerødt ansigt, ned fra hvilket der hænger et snehvidt og filtret skæg, mellem hvis grove hår der undertiden skjuler sig flere gamle levninger af grøn søbekål, brødkrummer eller lysebrun snustobak, end det er strengt appetitligt. Sæt hertil en blank og knudret pandebrask, bagtil bekranset af hvide nakkehår, der hænger i krøller ud over frakkekraven, et par små, tykke, lodne ører, tykke, bomuldsagtige bryn og en mægtig, svagt blånende næse mellem store, vandblå, stiftstirrende øjne. Tilføj endvidere i dette ansigt et uafladeligt, ligesom ubevidst minespil, en hyppig smilen i tanker, en munter kniben det ene øje sammen eller en pludselig, umotiveret hæven og sænken af de svære bryn, ledsaget af tilsvarende bevægelser af arme eller skuldre – og du vil nogenlunde kunne danne dig et billede af genstanden for Uggelejre Herreds forfærdelse, for alle præsternes rædsel, skolelærernes harme og bispens fortvivlelse – sognepræst til Søby og Sorvad: Thorkild Asger Ejnar Frederik Müller.

Yderligere kan det anføres, at pastor Müller var præcis tre alen i højden, at han havde mistet en finger på den venstre hånd, og at han sommer og vinter viste sig for verden i samme vidunderlige dragt, der bestod af en mølædt hundeskindskabuds med skygge, et par gråternede benklæder, der var stukket ned i et par vældige, surt stinkende transtøvler, samt en kort, blankslidt jægerjakke, en såkaldt "forkøler", der var knappet stramt om hans mægtige kæmpekrop. End ikke i den strengeste vinterkulde var han at formå til at foretage nogen forandring i denne påklædning. Når det rigtig bundfrøs omkring ham, kunne han binde sit blåternede bomuldslommetørklæde omkring halsen, men tog sig i øvrigt blot en ekstrapris af den røde blæreskindspung, som han bestandig førte med sig og kaldte sin "varmedunk".

Hændte det nu ved en sådan lejlighed, at han på sin vej mødte en sammenkrøbet bonde, der – indbyltet i uldtørklæder, med dryppende næse og rindende øjne – sneg sig forbi ham langs den modsatte grøftekant, standsede han med sit allerluneste smil, satte hånden i siden og råbte over vejen: "Halløj, du der! Pas for Guds skyld på, at du ikke fryser fast til pelsen!" - hvorpå han fortsatte sin vej med en øredøvende latter, der satte luften i forfærdelse i vid omkreds og fik de to store, gule, slunkne hunde, der altid fulgte ham, til at springe op med snuden i vejret og hyle i vild glæde.

Og smilet blev liggende i hans ansigt, og læberne bevægede sig i deres muntreste mimren, mens han lyttede til sin "livmusik" – den knirkende lyd af sneen under støvlesålerne. Endnu på den sidste bakke foran byen standsede han og rettede sine bjørnelemmer for til gavns at fylde lungerne med luftens isnåle, inden han krøb ind under taget på sin mørke præstebolig.

Herinde modtoges han nu ikke af nogen hyggelig lille præstekone, der huslig tog hans stok og hue, børstede snestøvet af hans frakke og med et mildt smil klappede hans våde kind. End ikke den ellers allestedsnærværende lille muntre præstegårdsfrøken var der til at kaste sig om hans hals, rykke ham i skægget og kalde ham sin "slemme, store, stygge, dejlige bamsefa'er". Der viste sig kun en gammel, rød hankat, der kom oppe fra loftet med en rotte i flaben og hurtig smuttede ind i en stor og tom stue ved siden af gangen, hvor en nyslagtet kalv hang midt under loftet med opsprættet mave for at få livvarmen af sig.

Det forholdt sig nemlig således, at var pastor Müller selv et særsyn for de fleste, så var hans bolig – "hulen", som den kaldtes af hans sognebørn – det ingenlunde mindre. Man kunne umuligt tænke sig noget, der mindede så lidt om den slags lune, tæppebelagte smårum med bogreoler og magelige lænestole, i hvilke vore hyggelige landsbypræster plejer at pusle om med deres piber og prækener. Her var der, selv i præstens egen stue, ikke så meget som en klud over vinduet; gulvet var sort som en nyvendt ager, og det simple bohave – en gammel voksdugssofa, et par småborde, en tom reol og en brøstfældig trælænestol med læderhynde – var spredt omkring i værelset uden blot det tarveligste krav til hygge og orden. Det eneste oplivende var en ejendommelig samling af store bjørnehuder, sælhundeskind, hvalrostænder, rensdyrhorn etc., der var slået op på den ene endevæg som på et museum. Men i krogen ved kakkelovnen stod der til gengæld et alt andet end appetitligt lille bord med levninger af søbekål i en lerskål, en humpel rugbrød, en kande med fedt eller smør og en kniv.

Sagen var den, at Søbypræsten var en eneboer og levede i et og alt som en sådan. Eller rettere: hans hjem var hele egnen, hvis skove og lyngbakker, kær og moser han fra morgen til aften gennemstrejfede med sin bøsse eller sit mægtige egespir – skræmmende børn og vejfarende folk med sit vildmandsudseende og sin overmodige latter.

Rigtignok havde han i sit brød et gammelt, sort kvindfolk, der skulle gælde for en slags husholderske for ham og præstegårdens øvrige beboere. Men dette menneske havde pastor Müller straks fra den allerførste dag erklæret krig på kniven. I sin egenrådighed tillod han hende ikke engang at lave hans mad, endsige nærme sig hans stue, og han kunne blive aldeles rasende over dette lille listende og forskræmte fruentimmer, som forholdene tvang ham til at have i sit hus, når han en enkelt gang mente at spore hendes fjed på sine enemærker.

Da han en dag – i sit fortræffeligste vinterhumør – trådte ind i sin stue, blev han efter sædvane et øjeblik stående på tærskelen for at forvisse sig om, at alt stod urørt derinde, således som han sidst havde forladt det. Da intet mistænkeligt kunne spores, tog han sig med sine krumme, af frosten stivnede fingre en forsvarlig snus af den røde skindpung, og gav sig derefter til på egen hånd at berede sig et måltid. Han satte skålen med søbekålslevningerne ind i kakkelovnen, lagde et par fyrrepinde overkors til de halvt udslukkede emmer og gned sig fornøjet i de valne hænder, da veddet begyndte at fænge, og den første, lækre grønkålsduft steg op fra skålens fedtede rand.

Pludselig fik han en ide. Han gik hen til et hængeskab, der var anbragt på væggen i den modsatte krog, åbnede det med et underfundigt smil og fremdrog af dets dyb en papiromvundet flaske, af hvis indhold han under krampagtige ansigtsfordrejninger fyldte to småbitte farvede glas, der stod på madbordet mellem smørret og brødhumpelen. Derpå bankede han op i loftet med noget som stødtanden af en narhval, som han havde halet frem bag fra sofaen, og lod sig synke ned i den gamle lænestol, der knagede under vægten af hans vældige legeme.

Ovenover, hvor kapellanen Ruggaard havde sine værelser, hørtes en stol blive skubbet tilbage. Et par filtsko gik over gulvet deroppe – helt hen til den modsatte ende af huset, hvor de forsvandt ned ad en knirkende trappe. En del døre blev lukket op og lukket i hele det tomme hus igennem. Endelig bankede det på præstens egen.

Kapellan Ruggaard var en trediveårig teolog, plump af skikkelse, med et skægløst ansigt, der var rundt, fladt og fedtglinsende som en slikket tallerken. Indhyllet i en grå slåbrok, som han på ængstelig vis holdt sammen over maven, blev han stående i døren og så spørgende hen på lænestolen gennem de runde, stærkt slebne brilleglas.

"Det forekom mig," sagde han endelig med bred, jysk dialekt, idet han førte en udspilet hånd op til brillerne: "det forekom mig, at pastoren bankede."

"Ja vist – ja vist!" for den gamle op, ligesom af tanker. "Det var bare det... jeg ville blot forespørge hos Ds. Højærværdighed, om De ikke skulle kunne lade Dem friste af et par uskyldige mavedråber? Jeg har taget mig den frihed at skænke Dem et lille glas; for jeg mente, at dersom De muligvis også i dag skulle være kommet for skade at have spist for mange klattekager, så – ”

”De ved jo meget godt, hr. Müller,” afbrød kapellanen ham med en kun slet skjult indignation, ”De ved jo meget godt, at jeg aldrig nyder spiritus uden for måltiderne. Det forekommer mig virkelig, at den spøg snart bliver for gammel. Det skulle i sandhed glæde mig, om det var Dem muligt at finde på noget andet at divertere Dem med.”

”Ak, ja – ja vist - naturligvis,” sukkede den gamle og rystede ligesom skamfuld på hovedet. ”Men alligevel – skulle ikke Ds. Højærværdighed være at formå til at trine indenfor i en ringe broders hi og gøre ham delagtig i Deres epokegørende, dogmatiske granskninger? Om min høje foresatte vil være så god at træde nærmere, skal jeg øjeblikkelig lade hente en halv tønde kul og en fodpose. For sig mig engang … pneumatologi, ikke sandt? … Antropologi, er det ikke således? … Og hvordan er det nu – Petrus Lombardus, ikke sandt …”

Men kapellanen blev stående i døren og så ned på den hvide olding med et udtryk, der skiftede mellem medynk og forbitrelse.

”Synes De virkelig, hr. Müller,” sagde han til sidst, da præsten endelig tav: ”Synes De virkelig, at det passer sig for os at tale om disse ophøjede materier på en sådan måde? Det forekommer mig sandelig, at der i vore dage er folk nok til at spotte og håne det hellige, så vi skulle vel vogte os for selv at give anledning til forargelse. Jeg vægrer mig virkelig ved at tro, hr. Müller, at De finder dette at være en passende anvendelse af tiden, når der alle vegne hersker så megen vankundighed og åndelig nød, der venter på vor hjælp! … Jeg kan således fortælle Dem, hr. pastor, at der i eftermiddags under Deres fraværelse har været bud fra hjulmand Povlsen fra Sorvad Overdrev, hvis gamle fader – hvad De måske erindrer – ligger for døden; han skal i hvert fald være meget dårlig og ligger sandsynligvis nu og venter i nød og pine. Pastorens køretøj var – som sædvanlig – ikke i orden; men jeg lovede at komme, så snart det var muligt. Nu er det jo imidlertid blevet et forrygende vejr, og vejene er aldeles ufremkommelige. Desuden har De vist været af den venlighed, hr. Müller, at gemme min rejsepels for mig. I hvert fald har det ikke været mig muligt at finde den i de sidste dage. Det skulle i sandhed glæde mig meget, om De snart ville bringe mig den tilbage."

"Herre Gud, er den stakkels mand syg – er han syg," sagde den gamle, denne gang i uforstilt tankefuldhed. Men straks efter rejste han hovedet, og det forsorne smil spillede igen i hans ansigt.

"Hør, ved De hvad, hr. biskop! – Ved De, hvad jeg i dag har tænkt på?"

"Nej – det ved jeg ikke."

"De burde, ved Gud, gifte Dem, hr. Ruggaard."

"Gifte mig? … Hvad mener De med det?"

"Jo, ser De … jeg læste forgangen dag i avisen om disse nye patentkakkelovne – disse transportable, De ved. Sig mig: kunne De ikke ha' lyst til at gifte Dem med sådan en? Det måtte bestemt være noget for Dem! Tænk – transportabel! Den kunne De altså nok så dejlig spadsere med under armen, når De gik ud; og om natten kunne den ligge og varme Dem i sengen … Frisk indfyring morgen og aften, som der står i annoncerne! Hvad siger De til det? Var det ikke en storartet ide?"

"Måske jeg så, hr. pastor, måtte få lov at vende tilbage til mine studier. Jeg ville oprigtig talt i så fald være Dem meget taknemlig," afbrød kapellanen ham atter, bukkede med ironisk høflighed og forsvandt ud af døren.

Pastor Müller lagde sig tilbage i stolen og sendte efter ham en af disse vældige lattersalver, der fik støv og møl og spindelvæv til at sitre i stuens mørke kroge og rotterne under gulvet til at fare sammen og spidse ører. Oppe over loftet hørtes atter filtskoenes trin og stolen, der blev sat til rette. Men endnu længe sad den gamle og kluklo med fremstrakte ben og hænderne foldede over den hoppende mave.

Pludselig sprang han op. Det var allerede mørkt. Skæret fra kakkelovnen faldt på de to små glas, der stod urørte på bordet. Resolut satte han to af sine jætteagtige fingre om det ene og tømte det; derpå om det andet og sendte rask dets indhold samme vej.

Så snoede han sig omkring, greb stokken i krogen, kabudsen fra knagen – og var ude.

Det var tæt snefog, bælgmørke, nordenstorm. Sneen røg fra alle kanter og samlede sig i mandshøje driver langs gærderne og i alle sænkninger. Men præsten satte sin pigstav i jorden og lagde sig frem imod stormen, fulgt af sine hunde.

Langt på den anden side bakkerne lå jo en gammel syg mand og ventede.

Imidlertid dalede støvet derhjemme i ”hulen” atter uforstyrret ned gennem den rolige luft. I aftenens stilhed stak rotterne deres spidse snuder op af hullerne i krogene, løb over gulvet, bedes, peb og væltede sig under sofaen, mens edderkopper, møl og mider færdedes lydløst oppe i bjørnehuderne og i de gamle spindelvæv under det røgbrune loft. Og henne over ilden i ovnen stod den forglemte søbekål og snorkede sørgmodigt hen til ingenting.

Om denne præst, hans liv og mærkelige levned er det, at disse blade skal berette.

*

Der eksisterede for et par menneskealdre siden - og sandsynligvis eksisterer der derfor endnu – en kongelig anordning, et ministerielt reskript eller noget lignende, ifølge hvilket fattige teologiske studerende, der ville forpligte sig til efter endt eksamen i et længere, for øvrigt ubestemt tidsrum at virke som præster oppe i vore grønlandske besiddelser, kunne erholde en årlig, ikke ganske ubetydelig offentlig understøttelse til deres studeringers fortsættelse. Et menneskekærligt reskript!

Alligevel var der – i hin på teologer ellers så overvættes rige tid – ikke mange, der fulgte opfordringen. Og de få, der gjorde det, hørte ingenlunde altid til de udsøgte; tværtimod. Det var, når sandheden skal siges, i almindelighed endog temmelig forkomne eksistenser, som livet på en eller anden måde allerede havde taget hårdt på – synkefærdige vrag, der i nødens stund greb statens udkastede madding som en sidste redningsplanke.

Sagen var den, at det ”for øvrigt ubestemte” tidsrum, for hvilket man forpligtede sig, i reglen strakte sig over så godt som hele resten af vedkommendes liv. Kun i sjældne undtagelsestilfælde kunne en tidligere benådning ventes.

Man forstår da let de følelser, med hvilke et ungt menneske lod sig forskrive til denne livsvarige forvisning, den stille gysen, hvormed han måtte tænke på den dag, da kaldsbrevet ville komme og skibet lægge ud og byens spir og tårne forsvinde under bølgen med den kyst, som han måske aldrig mere skulle gense eller i det heldigste som en gammel gråskæg med sneblændede øjne – efter en livslang levende begravelse deroppe i den evige isørkens frygtelige ensomhed. Heller ikke er det vanskeligt at forstå, at disse ”grønlandske studenter” – som staklerne kaldtes – med sådanne udsigter for øje ikke altid førte det mest eksemplariske levned i den korte tid, de endnu havde at leve i. Fortidens ulykker, skuffelser, savn og nød havde tilmed på forhånd løsnet grunden under deres fødder; og bevidstheden om at have "solgt sig" dræbte snart den sidste rest af selvfølelse. De sank hurtigt ned til en lyssky og menneskefjendsk tilværelse i berygtede smøger og i kælderbeværtningernes bagstuer, hvor de med en dyrisk forslugenhed tog for sig af livets goder, mens der endnu var tid … indtil de en nat, da de kom hjem til deres kolde kvist og, idet de tændte spiddelyset, blegnede ved synet af et stort blåt brev, det officielle tilhold om at indstille sig til den teologiske eksamen for med første forårsskib at drage op til – "syndernes forladelse, kødets forsagelse og den evige is", som det hed mellem de ulykkelige.

Og Thorkild Asger Ejnar Frederik Müller, der hørte til iblandt dem, havde ikke været anderledes end de fleste.

Der lever måske endnu dem, der fra hine tider vil mindes en sværlemmet og enfoldig udseende student, som vakte latter overalt, hvor han viste sig; og rimeligvis vil man i så fald bedst huske ham fra nogle forelæsninger i det teologiske auditorium, til hvilket han et par gange havde forvildet sig, men hvor hans tilsynekomst straks i døren vakte en sådan munterhed, at han atter skyndsomt fortrak, … eller måske endnu bedre fra en af hin tids smudsige og uhyggelige studenterbillardstuer, hvor han ofte sad hele dagen igennem i samme mørke krog med albuerne på knæene og hagen hvilende i hænderne, som sov han indvendig, mens han med et halvslukt blik så ud på vennerne omkring billardet og blot nu og da trak mundvigene op til et sløvt smil, når det nemlig behagede en af disse at hælde en snaps brændevin ud over hans hoved eller på anden måde at være vittig på hans bekostning. Uden nogensinde selv at sige et ord eller tage del i lystigheden, men tålmodigt findende sig i at blive benyttet af kammeraterne til en hvilken som helst spøg kunne han sidde timevis uden at røre sig, - som en kæmpestor skifting, et tungt, alt for godmodigt troldmenneske, der for længst var blevet enigt med sig selv og andre om, at det var kommet til verden som en umulighed.

I virkeligheden havde der også hersket en rørende enighed herom næsten fra samme stund, den lille Thorkild første gang åbnede sine store, vandblå øjne i moderens sovekammer. Slægt og venner havde ikke højlydt nok kunnet forsikre, at han var og blev, hvad de med et formildende ord kaldte "abnorm". Og hans stakkels bekymringsfulde mor kunne under hans opvækst ikke ofte nok tage han store hoved mellem sine hænder for at fortælle ham, hvor ringe håb han turde gøre sig for livet, hvor lidt han måtte vente, at dette ville bringe ham, og hvorledes han med tålmod og ydmyghed måtte bære det åg, som Vorherre havde lagt på hans skuldre.

Thorkild så dagens lys i en lille jysk provinsby, hvor hans far, der var adjunkt, døde kort tid efter drengens fødsel og efterlod mor og barn i trange kår. På nogle slægtninges bekostning og under disses strenge opsigt blev han fra sit tiende år anbragt i byens latinskole for efter et ønske, som faderen havde udtalt på sit dødsleje, og som de efterlevende derfor mente at burde opfylde, at uddannes for den studerende stand.

Det var lange og kvalfulde år for det mislykkede barn. Mere end én gang var man lige ved i fortvivlelse at opgive forsøget; og da Thorkild endelig i sit tyvende år slap igennem studentereksamen, lod man ham øjeblikkelig indskrive til grønlandsk præst, idet familien fik den svage og forknyttede mor overtalt til at tro, at der ikke var nogen anden udvej for ham.

Thorkild selv gjorde ingen modstand, men fandt sig i denne afgørelse med den samme tålmodighed, hvormed han efterhånden havde vænnet sig til at modtage "skæbnens" tilskikkelser. Da det først var gået op for ham, hvor man havde anbragt ham, hvor han havde sin plads – fulgte han trolig "grønlænderne" i hælene, både til de mørke smug og til kælderbeværtningernes bagstuer, tilsyneladende uden nogensinde rigtig at vågne til bevidsthed. I virkeligheden var han dog hverken så sløv eller ligegyldig, som han gav sig udseende af. Den uforanderlige sindsro, han bar til skue under alle ydmygelser, var nærmest en tilvant grimasse, bag hvilken han fra barnsben havde skjult sorgen og skammen over at være født som et så ynkværdigt og ubrugeligt menneske; - det var en slags fortvivlelsens ligegladhed, der undertiden i ensomme øjeblikke kom selvmordstanken nær. Mere end én gang havde han virkelig tænkt på at ende sit usle liv; men tanken på moderen havde bestandig holdt hans hånd tilbage.

Hvad hans ydre angik, så blev han nu heller ikke smukkere med årene, hverken i andres eller i sine egne øjne. Et vildt, rødligt skæg groede ham ud af det fregnede ansigt, og de plumpe lemmer voksede indtil det latterligt uformelige. "Bjørnen" kaldtes han allerede dengang blandt kammeraterne; og virkelig mindede han, når han sad imellem dem, hensunket i sin dvaledøs, med de store, røde labber for munden og det lodne hoved ludende ud over brystet … virkelig mindede han da om en stor, tæmmet vildbamse, for hvis halvlukkede øjne tågede drømmesyner med skiftende billeder af barndomsegnens store skove og moser gled forbi.

Nu hændte det just i disse år, at en usædvanlig streng vinter bortrev et par af de danske præster i det nordligste Grønland, og da Thorkild en nat kom hjem til sin tomme kvist, fandt han derfor – længe før ventet – sit "blå brev" under spiddelyset på bordet.

Det var første gang i sit liv, at han følte knæene vakle under sig. I tre dage sad han indelukket på sit værelse uden at se nogen; en dobbeltløbet rytterpistol lå på bordet ved siden af ham.

Men under disse dages grublen fødtes en lysende tanke i hans hjerne, - en tanke, hvis snildhed overraskede ham selv på samme tid, som han ikke kunne forstå, at ingen anden havde haft den for længe siden. Det gik nemlig op for ham, at man jo umuligt kunne gøre ham til præst. Han havde i de forløbne fem år næppe åbnet en bog, og siden hine mislykkede forsøg på at trænge ubemærket ind i det teologiske auditorium havde han ikke set universitetets mure. Han var fuldstændig "bar" ... Og nu var det, han havde regnet ud, at ifald han ved den skriftlige eksamen afleverede alle sine opgaver ubesvarede og ved den mundtlige prøve ikke sagde et levende muk, så kunne man umuligt give ham nogen karakter – og følgelig ville man blive nødt til, i hvert fald foreløbig, at lade ham blive hjemme.

Da eksamen kom, gennemførte han sin plan for den skriftlige dels vedkommende uden en blinken; der blev en sand jubel mellem studenterne, da rygtet fortalte om den grønlandske bamse, der havde leveret alle sine opgaver "isblanke" op.

Dog, Thorkild havde gjort regning uden den egentlige vært, ministeriet. På en forespørgsel hos dette fra fakultetet indløb nemlig underhånden det svar, at kandidaten nødvendigvis skulle have eksamen, og det endog så betids, at han som ordineret mand kunne afgives til kolonierne med først afgående skib ... Og således muliggjordes da den komedie, der endnu mange år efter skulle leve som et sagn i det teologiske fakultet.

For et propfyldt auditorium af unge og ældre præsteemner, der var strømmet sammen for at overvære forestillingen, måtte den arme Thorkild løbe spidsrod gennem alle de teologiske fag, af hvilke der var flere, han ikke engang kendte af navn. Med en hånd på hvert knæ, øjnene stift i gulvet, - latterlig endog for sig selv i sin sorte, lejede kjoledragt, der stumpede for hænder og fødder – sad han ubevægelig på sin stol som en døvstum. Professorerne rasede; de snoede og vred sig som orme, ruskede ham i frakkekraven og råbte ham ind i øret … men ikke en stavelse kom der over hans dirrende læber.

Endelig, i det allersidste fag, da eksaminator – næsten
under auditoriets jubel – ved en overrumpling fik fremtvunget et "ja" på det spørgsmål, om det var mere end tre
århundreder, siden Luther levede, fik sagen dermed en
ende. Nu havde han jo dog svaret! – Og med sit *vix non
contemnendus*, sit præstebevis og bispens strengeste formaninger til flittigt og samvittighedsfuldt at indhente det
så sørgeligt forsømte, sendtes han op til det nordligste
præstekald i den vide verden.

End ikke moderen fik han sagt et sidste farvel … Skibet
lå sejlklart på Reden, og en eftermiddag i begyndelsen af
april lettede det anker.

Ingen var der til at tage afsked med ham; - og snart
skjulte mulm og tåge den hjemlige kyst for hans stirrende
øjne.

2. kapitel

Der, hvor landet højnede sig, og fjeldene – nøgne og sorte – trådte ud i det isfyldte hav, bøjede en fjordarm sig ind mellem to skyhøje klippebarme og trængte sig dybt ind i kystlandet. I mundingen var den vid og rummelig som et sund, opfyldt af små, snedækkede øer og klippefulde skær, over hvilke tusinder af snehvide fugle kredsede og fyldte luften med skrig. Men efterhånden trængtes den i sit bugtede leje bestandig snævrere sammen mellem høje, bratte, nøgne fjeldvægge, der – tinde bag tinde – løftede sig mod himlen og forsvandt i dens skyer. Men inderst inde udvidede fjorden sig på ny og endte som en næsten cirkelrund indsø, der dækkede bunden af en mægtig klippekedel, hvis mere jævnt skrånende sider og mosgrønne, gullige eller med krægebærris bevoksede klipperevner spejlede sig i dens stille vande.

Det kunne af og til under den korte sommer hænde – især imod storm – at et hvalfangerskib fandt vej herind mellem fjeldene og vakte ekkoet op med sine klirrende ankerkættinger og sine menneskestemmer, ... eller at en af storhavets hvaler forvildede sig ind mellem skærene og piskede vandet i vrede, indtil den med sprøjt og larm slap ud igen. Men ellers lå stilheden dyb og slumrende mellem de rolige fjelde, nat og dag uden at brydes, ... kun ligesom sat i musik af midnatssolens summende myggesværme, der stod derude over det gyldenfarvede vand som sorte, dansende slør, hvorigennem solstøvet sigtedes. Nu og da lød et lille plask ude fra dybet, hvor en sort, blank ryg skød sig op og forsvandt. Brede, buttede snuder stak op hist og her i vandskorpen for at drikke luft og dukkede derpå lydløst under.

Ned ad fjeldsiden kom den blågrå ræv med søvnige skridt. På en afsats i klippen standsede den og gabede rødt ... rystede derpå pelsen og gik videre, ... fulgte så et stykke langs med søbredden, hvor små, mangefarvede kiselsten glimtede frem fra bunden af det klare vand, snappede dovent efter en myg og begyndte endelig med sin spidse snude at rode om mellem en bunke afgnavede ben, der lå uden for indgangen til en forladt, halvt sammensunket hule af mostørv og sten, ind i hvis kølighed den til sidst forsvandt.

Rundt omkring søen, spredt under klippeskrænterne, lå en hel lille koloni af sådanne små, sammensunkne jordkuler – de indfødtes kummerlige vinterboliger – som de ved første glimt af vår og sol havde forladt i huj og hast for at ty op til den glade rensdyrjagt inde på de store højsletter under indlandsisen. Også et tarveligt stenkapel fandtes her, bygget op mod selve klippesiden og med et trækors over indgangen. Og oppe på en fjeldskrænt hang en rødmalet bjælkehytte med hvide vinduesrammer, bræddetag og en indhegnet gård for hundene, - præsteboligen.

Men også denne var nu forladt. Kun ræven luskede ved aftentid derop med pelsen fuld af myg for at gnubbe sig op ad hjørnestolperne.

Men når den lange vinternat nærmede sig, og sneen begyndte at lægge sig over landet, vågnede der liv i denne øde stenkedel. Fra øst arbejdede små, skindklædte skikkelser sig ned over fjeldsiderne med hundekobler og tungt belæssede slæder. Nogle kom på ski – i strygende fart ned over skråningerne! Samtidig kom andre vestfra, ind igennem fjorden, i store, gule skindbåde og små kajakker … to, tre familier i følge, snakkende, kævlende og leende. Fruentimmerne sad ved årerne, gulbrune og sortøjede, nogle med patteglutter bag på ryggen i amauten. Og alle bådene var fulde af skindbylter, spæk, klumper af blodigt sælhundekød, fuglevildt, stinkende huder og store, opspilede rensdyrmaver fyldte med blandinger af mel, gryn eller ærter, som de havde tusket sig til på handelspladsen sydefter.

Hver dag bragte nye familier til kolonien. Der blev et støjende liv rundt om søen af små, skindklædte skikkelser, der endnu var som halvt berusede af sommerens sol og den vilde jagt oppe under højlandsisen. Vinterboligen skulle ordnes, sten og mos skulle samles, de nye huder spredes ud over klipperne for at vindtørres. Oppe i fjeldrevnerne, på afsides steder, blev vinterforrådet nedlagt i stendysser og omhyggelig tildækket med huder og sne. Og inde i hulernes mørke vraltede de gamle koner snakkesalige omkring og bredte skindene over sovebrikserne, fyldte tran i vegstenslampen og hængte den store kogegryde op under det lave, vådtdryppende loft.

Alt imens sank solen dybere og dybere under horisonten, og mulmet gled ind fra nord med tætte, kolde snebyger og bidende isvinde.

Men selv i vinternattens månedlange mørke, når landet lå begravet under favnehøje driver, og havet stod ispakket og mørkt, så langt øjet nåede, så levedes der dog, om også ofte fattigt nok, heroppe under sneen. Hist og her faldt et rødligt skær fra en hules tarmrude hen over det hvide dække, der i almindelighed havde sænket sig lidt over en sådan plet på grund af det ophedede rum nedenunder. Nu og da kom en skindbylt krybende ud på alle fire fra den lange, lave stensatte gang, der fra hulen førte ud i det fri. Og altid gik de store, slunkne hunde søgende omkring og hylede i de bitterkolde nætter.

Ude på fjorden, skjult i frosttåger, stod stivfrosne fangere på vagt ved sælhundenes blæsehuller. Urokkelige stod de der i timevis med harpunen parat i den højre hånd, … løftede kun nu og da varsomt en fod for ikke at fryse fast til isen. Andre færdedes ude mellem skærene med bue og pil og vovede sig bestandig længere bort, efterhånden som vinterforrådet slap op, og frosten lukkede alle sunde.

Og var end sulten og nøden mange gange stor på denne tid, så døde man dog sjælden helt. Når det sidste stykke

frosne spæk var fortæret og vegstenslampen under loftet
gået ud af mangel på næring, rullede man sig sammen i
mørket over stenbrikserne og lå der tavs og ventede tål-
modigt på den stund, da sneen på tinderne atter første
gang tændtes af hint blege guldskær, der bebudede, at
solen var i frembrud.

Da kom de alle krybende ud fra hulerne – store og små
skindbylter – rejste sig på vaklende knæ og stirrede med
de matte øjne op imod det fremmede lys, der ligesom
legende kom og svandt på fjeldkammene. Gamle folk og
de, hvem sulten havde udmattet, så de ikke kunne støtte
på benene, blev båret ud i det fri, for at også de kunne se
på, hvorledes skæret dag for dag krøb længere ned ad
klippesiderne. Endelig kikkede den første smalle, rødglø-
dende rand af solen op over de blånende fjelde i syd. Sto-
re glædestårer randt ned ad de udhulede kinder. Man råbte
og klappede i hænderne, humpede om på de kluntede
lemmer og faldt hinanden om halsen af sindsbevægelse.
Mødre rakte deres børn frem på armene og skreg i vild
henrykkelse, også børnene strakte deres små, magre hæn-
der ud imod den store varmekilde og blandede deres
stemmer i det fælles halleluja-råb:

Sekinek! Sekinek!

For hver dag hævede den røde kugle sig et stykke højere
op på den blå himmel og lagde et liv af farve og glød over
landet, hvor sneen svandt i skummende strømme ned ad
fjeldsiderne. Og da den til sidst slet ikke mere forlod dem,
og døgnet blev en lang, solsitrende dag, begyndte det at
myldre op fra alle klipperevner og spalter med ungt, glin-
sende mos og rødligt lav, der skød sig frem og hagede sig
fast og dækkede som et festligt spraglet blomstertæppe
alle skrænter og dale. Krægebærrene pippede frem, bølle-
buskene og de tommehøje pileris satte småbitte blade …
alt til disse frygtelige, ligesom underjordiske drøn rundt
om fra kysten – skud på skud – hver gang et isfjeld brød

sig løs fra landet og satte kursen ud over det genåbnede hav.

Rolige, majestætiske gled disse Polarhavets mægtige sejlere hen under den vinfarvede himmel ... som eventyrslotte ... som svømmende krystalpaladser, med tinder og kuplede tårne, solrøde, azurblå eller ligesom dryppende af blod og guld.

*

Der var noget på færde nede omkring søen. Folk løb frem og tilbage på strandbredden, halede ud af hulerne de pjalter af huder, skind og sammensyede tarme, som de i vinterens løb ikke havde fortæret, samlede deres fangstredskaber og pakkede det alt sammen på de kajakformede hundeslæder eller i de store, gule konebåde, der i række stod opskudt på "fjøren".

Vinterkolonien var i færd med at bryde op. Nu, da solen endelig var kommet, hastede man for at komme op til den glade renjagt på de vide højsletter under indlandsisen. Enkelte af hulerne var allerede tomme, beboerne draget til fjelds. Og de, der var tilbage, tænkte blot på hurtigst muligt at gøre sig færdig for at følge efter.

Oppe på en bænk uden for den lille, højtliggende bjælkehytte, der tjente til præstebolig, sad Thorkild. Han sad i sin vante, foroverbøjede stilling med hagen i hænderne og fulgte med stigende spænding den travle opbrudsfærd dernede omkring søen, så på slæderne, der blev pakket og snøret, hundene der blev koblet, de syge og svage, der blev båret ud og lagt til rette oven på skindbylterne. Han skulle selv tilbringe sommeren på en handelsplads ved kysten nogle mil sydefter og ventede netop på bud fra det bådmandskab, der skulle sejle ham derhen.

Hele dagen havde han siddet således og holdt udkig. Han havde med blikket fulgt hver familie, der omsider var

24

blevet færdig til afrejse, og under latter og snakken begyndte den besværlige vandring op over klippebrokker og stejle mosskrænter, indtil de efter timers forløb forsvandt som små, mørke prikker bag de hvide fjeldkamme. Og selv når de forsvandt, var han blevet ved at stirre efter dem, som om bjerget havde åbnet sig for hans øjne, og han bag klippetinderne skuede ud over de vide, frodige højsletter … så teltene, der blev rejst under skrænterne med deres lange træstager og det smukke tarmskindstæppe foran indgangen; så de store, rygende tranbål, hvorom de brune kvinder sad lejrede under åben himmel; så den flygtende ren med sine kalve; hørte hundeglam, hallo og skrig, mens solen sitrede over det bløde, glinsende mos …

Så havde han – pludselig angstfuld – taget øjnene til sig, presset ansigtet ned i sine store, fregnede hænder og siddet hensunket i heftig sjælekamp.

Det havde været en lang og tung vinter for ham – denne første. Hele den lange frostnat havde han siddet derinde under den døsige tranlampe i sin lille ensomme bjælkestue, med det værkende hoved presset fast mellem sine hænder, og læst og læst i "Kristendom og Hedenskab", "Præk Jesus mellem de Vankundige", "Gylden Skatkiste", "Gangbare og anvendelige Metoder til højst nødvendig Indpodning af den kristne Læres Sandheder" – skrift efter skrift, en hel kiste fuld, som Missionsselskabet havde givet ham med på rejsen.

Men hvor meget han end havde bestræbt sig for at bøje tankerne under sin vilje – det havde ikke været ham muligt at holde dem fængslede ved bøgerne. Ved hver lyd, der nåede op til ham fra søen, rejste han lyttende sit buskede hoved, og inden han vidste et ord deraf, sad han fortabt i gisninger over, hvorfra lyden vel kunne skrive sig – om det kunne være kajakkerne, der vendte hjem fra fangst, eller flænserne på stranden, eller måske ungdom-

men, der dansede pingasut i måneskinnet foran hulerne?
Hørte han så kajakmændenes kendte råb, når de stod fjor-
den ind med fangst, var det ham umuligt at holde sig rolig
længere; han måtte ud og se, hvad der var på færde, og
hvad de bragte hjem.

 Han havde kunnet gribe sig i at have stået timevis uden
for sin dør og fulgt de vilde jagtskrig ved sælhundemyrde-
rierne ude på isen eller den rasende forfølgelse af en an-
skudt bjørn … med en lidenskab som den, der i hans før-
ste drengeår havde været hans stakkels mor til så meget
bekymring og bragt alle slægtningenes afsky over hans
hoved. Endnu for ikke mange dage siden havde han en
morgenstund gået i tanker på et ensomt sted nede ved
søbredden, da han på én gang åndeløs standsede ved at få
øje på en sælhund, der lå og vuggede sig i vandet bag en
solbeskinnet isflage nær ved kysten. Pludselig grebet af en
uimodståelig drift var han krøbet på alle fire hen bag en
klippeblok og havde her givet sig til at skrabe med stene-
ne, der lå på strandkanten, og samtidig fløjtet sagte og
blidt, således som han havde set og hørt de indfødte gøre
det. Sælen begyndte også at lytte og se sig om og lod sig
lidt efter plumpe ned i vandet. Men straks efter viste den
atter sit store, runde, lyttende hoved i vandskorpen og nu
tættere ved land. Med bankende hjerte skrabede han da
atter med stenene og frembragte med læberne en ny ræk-
ke, bløde, langtrukne lokketoner. Dyret stak sin brede
børstede snude i vejret, spilede næseborene op og for-
svandt så på ny. Og da det nu for tredje gang dukkede
frem, og denne gang ganske nær ved land, listede han sig
frem og slyngede med al sin kraft en nævestor, skarpkan-
tet sten mod dets hoved. Stenen ramte dyret midt i pande-
brasken; vandet omkring det farvedes rødt, da det dukke-
de under. I det samme vågnede han skamfuld til besindel-
se. Og fortvivlet over sig selv og sine ulykkelige liden-

skaber gik han hjem og begravede sig atter mellem sine bøger.

Ofte i denne tid havde han måttet tænke på sin farfar, som han aldrig havde set, men om hvem en af moderens gamle tjenestepiger mange gange, mens han var barn, havde fortalt ham skrækindjagende eventyr. Han havde dengang dannet sig den forestilling om ham, at han havde været en berygtet krybskytte og levet halvvejs som en vildmand inde i de store Rold Skove nær ved Thorkilds fødeby. Han havde også senere altid tænkt sig ham som en kæmpeskikkelse med et vildt, rødt skæg; og at han virkelig havde været familien til megen sorg, sluttede han blandt andet deraf, at hans mor aldrig nogensinde havde omtalt ham. Kun en eneste gang havde han hørt hende nævne hans navn, idet der i et af hendes bekymrede øjeblikke var sluppet hende det udtryk ud af munden, at han – Thorkild – lignede ham. Han huskede endnu det forfærdende indtryk, det havde gjort på ham.

Han hævede hovedet. Nede fra stien, der langs fjeldskrænten førte op til hans bolig, hørtes menneskestemmer; og lidt efter dukkede to skindklædte skikkelser op – en mand og en kvinde – i hvilke han genkendte den gamle Ephraim og hans datter Rebekka eller "Solen", som hun kaldtes på grund af sit milde udseende. Han vidste også, at de kom for at tage afsked; han havde hørt deres hunde gluffe af glad forventning nede ved fjøren.

Ephraim var en lille, lidt duknakket person med et langagtigt, mørkebrunt ansigt, i hvilket et par usædvanlig udviklede øjenbryn og et sæt velbevarede tænder var de eneste synlige prydelser. Øjnene viste sig nemlig kun som to små, lidt skæve streger højt oppe under brynene, og næsen var så flad og uudviklet, at den tog sig ud som en lille tilfældig hudlap mellem de brede og fremstående kindben.

Han havde i sin tid hørt til koloniens voveligste fangere og regnedes endnu blandt dens ædrueligste familieforsørgere. Men de sidste strenge vintre, i hvilke han undertiden - som så mange andre for øvrigt - havde måttet ernære sig af tang og nogle gamle angmasæthoveder, som han gravede op under sneen fra affaldsdyngerne, havde taget hårdt på ham, og han så svag og lidende ud.

Thorkild bød ham sidde ned, og den gamle gav sig til at fortælle om sine rejseforberedelser og sommerplaner. Han og datteren skulle slå følge med et par andre familier, med hvilke de havde haft vinterbolig til fælles; og så snart hundene havde fået mad, skulle de bryde op for at være over det første fjeld inden aften. Thorkild, der endnu kun dårligt forstod de indfødtes sprog, hørte temmelig adspredt efter ham, men skottede til gengæld ofte hen til datteren. Hun havde stillet sig op ad en klippeblok et stykke fra dem og sendte herfra stjålne øjekast til den underlig sky og tavse præst, som ingen ret kunne blive klog på. Når deres blikke mødtes, blev de begge røde på kinderne og så bort.

Rebekka var et lille buttet pigebarn på atten år med en noget lysere hudfarve end faderen og et livslystent udtryk i sine små, skæve øjne. Hun bar en dragt af rødfarvet skind, der sluttede godt om hendes stærke, sammentrængte krop. "Toppen" – hårtoppen – af blåsorte, stride hår var bundet op i et kvarters højde og omviklet med et spraglet skindbånd, og på fødderne havde hun et par splinternye, med hvidt broderede kamikker, som hun tydeligt umagede sig for at henlede præstens opmærksomhed på.

Endelig rejste Ephraim sig og tog afsked. Thorkild gav dem begge hånden, men på en så tøvende, urolig og fraværende måde, at far og datter forundrede så på hinanden. Og da de var gået, blev han stående i sin dør og fulgte dem med øjnene, mens de vraltende gik ned over stien. Ved en drejning af denne vendte Rebekka sig om for at se efter ham. Og hver gang, stien derefter svingede, vendte hun sig på ny for at se, om han endnu stod der.

Thorkilds hjerte var kommet til at banke; blodet steg ham voldsomt til hovedet. I et par minutter stod han med hånden krampagtigt omkring dørkarmen i heftig kamp med sig selv. Pludselig trådte han nogle skridt frem, satte sine store hænder for munden og råbte med skælvende stemme:

"Ephraim! ... Ephraim!"

Dernede på stien vendte de to små skikkelser sig om og så op.

"Palasé! ... Oi!" svarede mandslingen.

- Henimod aften, da et par af de folk, der skulle sejle Thorkild ned til handelspladsen, kom for at afhente hans tøj, fandt de til deres bestyrtelse huset tomt, døren stænget og vinduerne tilspigrede.

Præsten var draget til fjelds med Ephraim og hans følge.

*

Han var blandt de første, der kom tilbage, da sneen faldt. På ski for han ned over fjeldtragtens sider, fulgt af sine hunde. De, der ikke havde set ham siden foråret, kunne næppe kende ham igen. Ikke alene havde hans hoved løftet sig, hans øjne fået liv og kinderne farve; men der var kommet ligesom noget af sletternes uendelighed i hans blik, noget af jagtens gjaldende hallo i hans stærke stemmes springske, hastige tale.

Han var blevet et nyt ... et genskabt menneske. Han havde selv mærket, hvorledes nye livskilder var sprudlet frem i hans indre, mens han sanseløs fartede omkring, - han vidste ofte ikke selv, hvor eller med hvem. Snart i ét følge, snart i et andet havde han, efterhånden som han lærte folkene og sproget at kende, tumlet sig ved lakse-

29

fangsten langs elvene og på jagten under den blinkende
højlandsis, ja endog engang vovet sig op på selve denne
sammen med Ephraim og hans sønner for at søge en ru-
del rener, hvis spor man havde kendt. Og da folkene først
ret havde mærket, af hvad spæk deres nye præst var skå-
ret, havde det ikke varet længe, før de betragtede ham
som en af deres egne. Han havde sovet i deres skindtelte
mellem kvinder og børn, med et bjørneskind over sig og
en bylt huder under sit hoved. Han havde spist sammen
med dem omkring den store fællesgryde – rensdyrskin-
ker, krægebær kogt i spæk, edderfugleæg og frem for alt
sommerens skattede herreret: de store, fyldte rensdyrma-
ver med deres indhold af halvfordøjet plateføde og spyt.
Til gengæld havde han lært dem at skyde med en gam-
mel bøsse, som han havde haft med sig fra København,
og som havde vakt deres himmelnedstyrtende forbavsel-
se. Og når dagen hældede, og man sad lejret omkring de
rygende tranbål, havde han bidraget til underholdningen
ved at fortælle sagn og vilde eventyr, som han huskede
fra sine drengeår, og havde da fået dem til at lytte med
måbende munde.

Og nu standsede han ikke. Nu, da han havde vovet
springet, lukkede han øjnene, stoppede ørerne til for
samvittighedens røster ... og lod sig glide.

Endnu inden vinteren havde islagt fjorden og lukket
sundene, havde han lært sig at styre en kajak og sigte
med en harpun. Han lærte at gennembore rypen i flugten
med en fuglepil og træffe den springende hare langt bor-
te. Tiden fløj fra ham ude mellem skærene ved utokfang-
sten eller i en slæde med seksten halsende hunde til for-
spand ... i dagevis gik det op og ned over fjeldene efter
ræven! Undertiden var han næppe kommet hjem om af-
tenen og havde fået lagt sig under skindtæppet i sengen,
før der blev banket på hans rude.

”Hvad godt?”

"Bjørn i fjorden, præst!"

"Hejse! – Bjørn!" … Bøssen fra væggen, pelsen på, og
Ud igen i natten.

- Han gled, han gled.

Det kunne vel endnu af og til hænde, når blodets vilde
fart sagtnede for en stund, at han da ligesom så sig selv i
ansigtet – og slog øjnene ned. Han kunne da blive næ-
sten bange for sig selv, … for synet af sin egen hånd,
når den endnu var blodig efter den sidste flænsning, el-
ler for sit uklippede skæg og klangen af sin dybe stem-
me. Han så da atter for sig sin bedstefars afskrækkende
billede, mindedes den tavshed, der havde hvilet om
hans navn, og det rædde glimt i sin bekymrede mors øje
den eneste gang, hun havde taget det på sine læber.

Således sad han en aftenstund angrende uden for sin
dør med hovedet mellem sine hænder. Dødtræt var han
vendt hjem ude fra de yderste skær, hvor et stort drivåd-
sel af en kæmpehval dagen i forvejen var indstrandet og
siden bragt i land. Hver mand i kolonien havde i den an-
ledning været på benene for at sikre sig sin part af byt-
tet. Thorkild havde med sædvanlig iver deltaget i den
besværlige indbjærgning og senere forestået såvel søn-
derhugningen af det store dyr som uddelingen mellem
parthaverne; og efter i over et døgn at have færdedes
mellem disse uhyre stykker blodigt kød så han nu over-
alt kun rødt for sine øjne.

Over hans hoved hvælvede sig den dybblå himmel tæt
besat med store gyldne stjerner. Ude i øst steg månen
langsomt op over fjeldkammen og lagde et ejendomme-
ligt mælkeagtigt skær hen over den nyfaldne sne. Nu og
da kastede et nordlys sig hen over himlen.

Nede omkring søen, hvor tarmruderne over hulerne
skimtedes som rødligt lysende prikker i alt det hvide,
lød lystighed og sang i anledning af den uventede vel-
stand, hvori kolonien ved den rige fangst var blevet ste-

det. Travle, mørke skindbylter krøb ud og ind. Endog hundene legede af glæde.

Med ét hørte Thorkild skridt lige ved siden af sig.

Han så op. Der stod – i det fulde månelys – Rebekka og lo ned til ham. Hun var klædt i en hvid, ganske ny anorak, kantet for hals og håndled med sort hundeskind og pyntet med røde bånd; dertil havde hun spraglede sælhundeskindsbenklæder, broderet med rødt op ad forsiden, rødfarvede kamikker og et guldindvirket bånd viklet om hårtoppen.

Han så længe på hende, som vågnede han af en drøm. Månen skinnede ind på hendes hvide tænder og gav hendes små øjne en spillende, grønlig glans.

”Men … Er det dig kære!”

Ja, vist var det hende! Hun lo med sin tørre, knebrende latter og ruskede ham i skægget. Havde han ikke hørt, at hun kom?

”Men – men min sødeste pige! … Du er så fin! Du er pyntet! … Kom og sæt dig her!”

Nej, nej, hun kunne ikke blive i dag. Hun skulle bare hilse og sige, at far havde fanget ulk, så dersom han havde lyst, så var mor netop nu i gryden.

Hvad siger du? … Har din far fanget ulk?”

Ja, vist havde han så. Og han skulle bare skynde sig lidt, for de ventede på ham. Og uden at ville høre på de indvendinger, han begyndte at komme med, kravlede hun ind i hans stue, slukkede tranlampen, der brændte derinde over en opslået men støvbelagt bog, lukkede hans dør og rakte ham derpå smilende hånden.

Men i stedet for straks at følge drog Thorkild hende til sig med opbrusende voldsomhed, tog hende i sine arme, bøjede hendes hoved tilbage og trykkede hende et, to, tre vildmandskys på hendes mund.

Hun blev vel straks noget forbavset over disse uforberedte, glubske kærtegn; men da hun lå i hans arme, så hun op på ham med en stille jubel i sit blik.

Nede foran Ephraims hule kunne man alene på grund af de mange dybe fodspor i sneen skønne, at der måtte være noget usædvanligt på færde indenfor. Den lange, lave indgangs isbedækkede vægge var også ganske blankslidte af de mange stive skindklæder, der i dagens løb havde presset sig frem imellem dem, og nåede man på alle sine fire hen til enden af gangen og stødte den lave dør op, fandt man den indknebne hule fyldt af mennesker – hovedsagelig medlemmerne af de tre familier, der beboede den. Rundt omkring langs de vædedrivende stenvægge lå de på brikserne: mænd, fruentimmere og børn i flæng – alle nøgne; thi heden og osen herinde var forfærdelig.

En gammel, hjulbenet, fed og ganske skaldet kone, sort af sod og snavs, og med en skindpjalt omkring de laskede lænder, stod ved den sorte gryde, der hang i loftet over tranbålet midt i stuen. Henne i en krog sad en flok stilfærdige børn og suttede ivrigt på store kødstykker, hvis spæk drev dem ned over fingrene.

Man havde opgivet at vente på Thorkild. Enhver havde med fingrene taget sig et stykke af gryden og sad eller lå nu og snittede det itu med sin kniv, mens hulen fyldtes af larmen fra disse mange snaksomme og smaskende munde og af den tykke em, der steg op fra de brune, ophedede legemer, som bålskæret belyste.

Endelig hørtes skraben udenfor, og Thorkilds kendte, hule ”ohøj!” lød fra indgangen, idet han kravlede igennem. Dørlemmen stødtes op, og under glade velkomsthilsener fra alle brikserne krøb han ind i hulen, mens Rebekka ubemærket sneg sig ind bag hans ryg. Han smøgede pelsen og undertrøjen af sig, strøg sig gennem håret, der var varmt og uredt, og gav sig straks i lag med fisken, som den gamle kone med sine sorte fingre trak op ved halen fra den spilkogende gryde.

Henne i hulens mørkeste krog havde allerede Rebekka taget plads. Hun sad på hug, halvt nøgen, kun indhyllet i et skindtæppe … ikke et sekund slap hun Thorkild med sine af forelskelse tindrende øjne.

Han gled, han gled.

Han mærkede det til sidst ikke længere selv. Dagene gik, og årene svandt, og han holdt næppe tal på dem.

En skøn dag giftede han sig endog – med Rebekka naturligvis.

Han vidste jo nok, at hendes ansigt kunne have været regelmæssigere, øjnene mere sjælfulde, kroppen mindre firkantet. Men han så også den taknemlige glæde, der lyste ud af disse øjne, blot han lod sin hånd glide over hendes kind, den trofasthed, hvormed hun ventede ham derhjemme i deres lille stue og i døren spejdede efter hans komme, når han var ude på sine langfarter med slæden og hundene. Og han mærkede den barnlige tryghed, hvormed hun kunne lægge sig ind til ham under skindtæppet i de mørke vinternætter, når snestormen for over huset og rystede væggene.

Han var lykkelig. Og Rebekka var lykkelig. Og hver anden sommer oppe ved renjagten sprang en lille, buttet grønlænder frem af hendes skød.

Forbindelsen med hjemlandet havde han efterhånden ganske afbrudt. Han smilte, når han kom til at mindes den spænding og uro, hvormed han i den første tid havde ventet på, at kajakposten – én gang årlig – skulle dreje ind fra fjorden. Nu var alt derhjemme blevet ham fremmed og for alvor ligegyldigt, kammeraterne havde glemt ham, hans slægtninge spurgte end ikke til ham; og da der endelig et år heller intet brev kom fra moderen, men kun en kort meddelelse fra en prokurator om hendes død, glemte han hjemmet helt.

Men heroppe under ispolen levede han et langt og glæderigt liv. Mellem disse fattige, nøjsomme mennesker lærte han en lykke at kende, hvorom han ikke havde drømt, dengang han sad med selvmordstanker på sin tomme kvist i København. Her fandt han, mens hans hår grånede, det hjem, der var blevet hans barndom nægtet, de venner, han i sin ungdom havde måttet savne, den gerning, der blev forstået og gjorde ham elsket. Han blev til sidst en far for alle disse naturbørn, deres fælles rådgiver og trøster. Og når han om vinteren i den lille stenkirke eller om sommeren under den åbne himmel samlede sine skarer omkring sig og på sin egen, djærve måde og efter fattig evne søgte at løfte sløret for livets og dødens gåder, kunne han få hjerterne til at banke inde i de stive skindbylter, fordi han selv var så fuld af taknemlighed, at lovsange til livet og dets herre af sig selv fødtes på hans læber.

Heroppe blev Thorkild en gammel mand.

3. kapitel

Hvorfor han ikke blev deroppe? Hvorfor han alligevel til sidst drog hjem? – Ja, vidste han det rigtig selv?

En sommer oppe ved renjagten mærkede han med ét, at han begyndte at ældes. Det havde været en usædvanlig vedholdende og streng vinter. Sneen lå på klipperne til langt ind i sommeren, og isen stod endnu sammenskruet i fjorden, dengang han brød op med familien og drog til fjelds. Han havde mellemstunder skrantet lidt, og nu, da sommervarmen meldte sig, led han af en let åndenød, der ofte tvang ham til at blive hjemme omkring teltene og pusle om mellem fruentimmerne og børnene, mens de andres muntre hallo og skud hørtes ude fra sletterne.

Det passede ham ikke ret. Han kunne undertiden blive lidt umedgørlig; og en dag, da Rebekka kom ud i teltåbningen, så hun ham sidde tankefuld på en sten med hånden under kinden. Hun nærmede sig stille, og idet hun varsomt lagde sin hånd på hans skulder, gik der som en gysning igennem ham, og han så adspredt op. Og da hun spurgte ham, hvorfor han sad der så alene, rejste han sig og svarede undvigende.

Dette gentog sig nogle gange i den følgende tid, og Rebekka blev meget bedrøvet. Når han da kom ind i teltet til hende og så hendes bekymrede mine, klappede han hende mildt og smilende på skulderen, men undgik hendes spørgende øjne.

Til sidst mærkede også vennerne med sorg, at der var noget i vejen med ham. De spurgte ham, om han var syg. Han svarede: Måske!

Men sandheden lå dybere. Han var begyndt at længes … længes som den bjergtagne, der i en drøm har hørt sin hjembys klokker ringe.

Undertiden når han havde siddet for sig selv og tankefuldt ladet blikket vandre hen over de høje, nøgne fjeld-

tinder, som hans fod ikke længere kunne nå, - undertiden
var der da vågnet i ham en længsel efter endnu engang at
hvile i skyggen af sit fædrelands store skove, efter at
strække sine lemmer i en saftig kløvereng og høre suset af
en bølgende kornmark ... eller ligge stille oppe på en grøn
banke, med hånden under nakken, på den solvarme jord,
og føle vinden stryge gennem håret, se ud over kær med
rødbenede storke og broget kvæg, over stråtækkede byer
og støvhvide veje, hvor strikkende koner gik med malke-
spanden på hovedet, og høstfolk kom med blinkende leer
over nakken.

Og når han så var kommet til at tænke på sin mor, sin
stakkels, svage mor, - så var der opstået hos ham et ønske
om dog én gang at se hendes grav og plante en blomst på
den som et tegn på hans sønlige kærlighed og som en
stille bøn om tilgivelse for al den sorg og bekymring,
hvormed han fra sin fødsel havde fyldt hendes lille skrø-
belige hjerte.

Måske var der også endnu en og anden gammel ven, som
ville blive ganske glad ved at se ham igen, og til hvem
han kunne fortælle om hele dette sit forunderlige liv her-
oppe under ispolen ... Peter Brammer, Kristoffer Birch,
Anton Hansen, og hvad de nu alle sammen hed! Hvor de
ville blive forbavsede, når han en skøn dag trådte ind ad
deres dør og sagde: Hvem er jeg? Kan I huske bjørnen?
For her ser I ham! ...

Vinteren derefter døde Rebekka, og han kunne da ikke
længere bekæmpe sin længsel. Med første sommerpost
skrev han hjem til ministeren, og året efter stod han med
udnævnelsen i sin hånd. Der blev jammer og sorg blandt
alle de små skævøjede skindbylter i den lille koloni, da de
fik at vide, at deres gamle ven og far ville forlade dem, og
Thorkild selv fortrød da også sin gerning i samme øjeblik,
han så, at den havde båret frugt. Men nu måtte det ske.
Sine børn lod han foreløbig blive deroppe; først somme-

ren efter, når han havde fået sig indrettet i sit nye hjem, skulle de følge efter.

 - Således skete det da, at "Bjørnen" en dag i eftersommeren dumpede ned som en himmelsendt forskrækkelse til Søby og Sorvads blideligt henslumrede menighed.

Der fortaltes, at bispen nær havde fået et af sine apoplektiske anfald den dag, da han så ham træde ind ad hans dør i sin fedtede pjækkert og med skægget hængende som istapper ned over det brede bryst. Det traf sig dertil så uheldigt, at den lille pertentlige bisp ikke var nogen anden end hin Kristoffer Birch, Thorkild Müllers gamle bysbroder og skolekammerat, hvis billede oftere i hans udlændigheds sidste tid var dukket op i hans erindring; og da Thorkild nu genkendte ham, slog han sine mægtige håndflader sammen og udbrød med et glædesbrøl:

"Nu har jeg mine bukser fulde! ... Er det dig, du gamle Stoffer, der er blevet bisp!"

Hvorledes audiensen endte, meldte beretningen ikke, men både bisp og provst blev hurtig enige om, at han var komplet umulig; - de satte sig straks i bevægelse for på en eller anden måde at få dækket over det beklagelige misgreb og skaffet ham bort, inden han vakte alt for åbenbar skandale.

Imidlertid løb rygtet om den ankomne "isbjørn" i hast over det hele herred. Rundt om i præstegårdene kunne man fortælle om, hvorledes han, den første gang han kom vandrende gennem landsbyen med sin hundeskindskabuds og store pigstav, havde skræmt børn og fruentimmere, så de var flygtet ind i husene, og hvorledes en gammel mand var gået halvt fra sin forstand af skræk, fordi Thorkild pludselig var standset foran ham og havde lagt sin tunge hånd på hans skulder med de ord:

"Her ser du for dig, min blege ven, en gammel ishavsfarer og bjørnejæger, der har set og kendt ting, min far, som hverken du eller nogen af jer alle sammen her har så meget som drømt om … Se frisk op! Her er ikke noget at ryste i kamikkerne for. Vi to skal nok komme ud af det sammen, det kan jeg se på dit ærlige ansigt!"

Thorkild Müller mærkede jo nok den forfærdelse, han vakte omkring sig, men i sin enfoldighed betragtede han den som et udtryk for ærefrygt, en naturlig respekt for den mand, der havde levet et så langt og mærkeligt liv så fjernt fra sit fædreland. Han havde glemt, hvad han i sin ungdom havde gået igennem her, og var efter fyrretyve års fravær blevet alt for vant til hyldest på grund af sine personlige fortrin til nu at forstå, at man ikke også hernede måtte beundre og misunde ham hans kraftige skikkelse, hans hårdførhed og stolte skæg. I stedet for som i ungdomstiden at føle sig trykket af sin "umulighed", spadserede han frejdigt og selvtillidsfuldt omkring og hjemsøgte navnlig straks alle omliggende præstegårde i håb om at træffe gamle bekendte, og ved alle folkelige eller kirkelige forsamlinger, hvor der var mange mennesker, anbragte han sig dristigt – end ikke uden en vis forfængelighed – på de mest iøjnefaldende pladser og stillede sin vankundighed og sin blånende næse til skue med en ugenerthed, der satte selv skolelærerne i forargelse.

Der gik til sidst næppe en dag, uden at rygtet løb med et eller andet, som fik hans kaldsfæller til at rødme af skam på standens vegne. Således havde han ved et stort bondebryllup, hvortil han som sognets præst var indbudt, pludselig smøget sine benklæder op over foden for at fremvise sine lægge; derefter havde han løftet bruden i strakt arm op imod loftet, idet han triumferende havde set sig omkring og opfordret ungdommen til at gøre ham det efter. Byens skolelærer – en lille vissen familiefar – havde ved denne lejlighed endelig taget mod til sig og foreholdt ham det upassende i hans opførsel. Men i sit overmod svarede Thorkild Müller ved at vende mølle med fyren, hvorved en mængde kager, cigarer, sukker etc., som denne i aftenens løb havde stukket til sig og anbragt i sine rummelige baglommer, trillede ud på gulvet, - og han havde derved opnået for den gang at få latteren på sin side.

Hans fortvivlede kaldsfæller vekslede brev på brev for at blive enige om en fælles optræden over for ham; og da han engang ved et præstekonvent pludselig efter diskussionens afslutning viste sit frygtede ansigt på talerstolen og begyndte at fortælle om sine grønlandske eventyr – i et sprog og en tone, så ordstyreren hurtigt måtte fratage ham ordet – blev det enstemmigt besluttet at tage alvorlige og kraftige forholdsregler for endelig at sætte en stopper for forargelsen.

Imidlertid var ulykken den, at Thorkild Müllers sognebørn efterhånden var kommet til at holde af ham. Da den første forskrækkelse havde sat sig, så de nemlig, at der bag hans mærkværdige ydre og forbavsende væsen skjulte sig en mand, der forstod dem, sådan som de ikke var vant til at blive forstået af deres præster, - en mand nemlig, der ikke var fremmed for nogen af de følelser, som rørte sig i dem selv, og til hvem de derfor kunne henvende sig med deres små bekymringer og store sorger som til en af deres egne. Han kunne komme ind i deres stue som deres jævnbyrdige, sætte sig ved deres bord og stille sin sult ved deres daglige retter, drikke en snaps med dem uden forlegenhed og befinde sig selvfjerde i en stue uden straks at føle sig forpligtet til at holde foredrag eller prædike. De syge og døende fyldte han ikke med bibelsprog og højtravende forklaringer, men han satte sig stille ned på sengekanten og talte jævnt og beroligende til dem, læste et stykke for dem af Testamentet eller et par salmevers og sørgede for resten for på den bedste måde at mildne deres smerter og gøre deres sind let og fortrøstningsfuldt.

"I skal ikke være forknytte," plejede han at sige. "For I har jo ikke sådan gjort noget videre ondt, vel? Og dersom I har, så er jeg sikker på, at I fortryder det nu. Vorherre er såmænd heller ikke sådan en gammel gnavpotte, der sidder deroppe og regner den så nøje ud på regnebrættet. I skal se – han er såmænd helt skikkelig og vil nok tage godt imod jer."

Ikke heller kunne jo selv Thorkild Müllers bitreste fjender benægte, at der virkelig var kommet liv og bevægelse i Søby-sognets døde masser, der hidtil havde været ligefrem berygtede blandt embedssøgende præster på grund af deres ringe sans for alt, hvad der lå uden for deres timelige velfærd. Disse folk, der hidtil havde ment at skøtte deres salighedssag ved nøjagtig at betale præsten hans tiende til den fastsatte termin og for øvrigt møde til årets tre store højtider for at ofre, de begyndte nu i bestandig tættere masser at strømme til de kirker, som forhen ofte havde stået lukket mange søndage i træk af mangel på tilhørere. Og når så Thorkild Müller steg op på prædikestolen med skægget bølgende ned over den sjældent ganske propre pibekrave og straks på sin joviale måde begyndte: "God dag, kære venner! Ja, så er vi altså nu forsamlede her igen! … Hvad er for resten klokken blevet? Er der nogen af jer, der har ur på jer? … Halv elleve! … Nå! Ja, så var det jo for resten, at jeg i dag skulle fortælle jer noget om dengang, da Jesus kom hen til denne her enke – hvad var det nu, hun hed? – Nå, det kan være lige meget … Skønt, vent lidt! – Lad mig se efter i bogen; det kan jo dog alligevel være ganske morsomt at vide, hvad den dame har heddet," - - - så kom der liv i de mange velnærede ansigter, ørene spidsedes, ikke en sætning gik tabt for dem. Undertiden kunne han i talens løb blive så humoristisk, at man sad i højlydt latter over hele kirkegulvet; men til andre tider og især under de lange bønner, hvormed han regelmæssig afsluttede sin korte prædiken, kunne han blive grebet af så heftig bevægelse, at også hans tilhørere betoges, og lommetørklæderne kom i virksomhed både på mands- og kvindesiden.

Efterhånden strømmede folk til hans kirker endog fra helt andre sogne, hvor man begyndte at få smag for denne art gudstjeneste, - og da kendte hans embedsbrødres forbitrelse ingen grænser. Selv en grundtvigiansk nabopræst, der holdt af at spille friskfyr og hidtil havde behaget sig med at tage ham i forsvar, begyndte nu at indse, hvilken farlig person han var, og hvor nødvendigt det var for standens anseelse at få ham fjernet.

På dette tidspunkt var det, at der tilflød sognet det lille stykke velærværdighed, der bar navnet N. P. Ruggaard.

Han skyldtes et i meget venskabelige former affattet tilhold fra den lille, diplomatiske bisp, der havde sine grunde til ikke at gå alt for hårdhændet frem imod en gammel kammerat, som havde haft lejlighed til at lære hans ungdomsliv nøje at kende. "På grund af sognets ikke almindelige udstrækning og hr. pastorens fremrykkede alder" – hed det lemfældigt i skrivelsen, mens bispen i sit stille sind og med åbent blik for hr. Ruggaards særegne evner fortrøstningsfuldt tænkte: Med ondt skal ondt fordrives!

Thorkild Müller tyggede længe på den lange skrivelse med dens mange omhyggelige omskrivninger og dunkle talemåder. Han havde allerede i nogen tid forstået, at hans kære kollegers generthed overfor ham alligevel ikke grundede udelukkende i ærefrygten for hans muskelstærke legeme; og da han først var kommet så vidt i forståelse, havde minderne fra hans ungdom hurtigt åbnet hans øjne for mere. Nu – under læsningen af bispens skrivelse – forstod han endelig den hele sammenhæng.

"Tag mig det leverspæk!" udbrød han med et grønlandsk kraftudtryk og huggede næven i bordet. "Man vil snigløbe mig!"

Men da "snigløberen" omsider ankom, og Thorkild første gang så det lille blege, bebrillede individ, der krøb ud af fodpose og kavaj og forestillede sig som hans kapellan, gik hans vrede med ét over, - han måtte le himmelhøjt. At sende ham en sådan stumpegumpe af et mandfolk på halsen forekom ham så grundkomisk, at han øjeblikkelig måtte ud i byen og fortælle vennerne om sin "gefærlige" banemand. –

Imidlertid gav denne sig uanfægtet til at indrette sig oppe i sine værelser og pakke ud af det vognlæs fuldt af kister og kufferter, som han havde ført med sig. Han hængte egenhændig nye, blomstrede gardiner for vinduerne, anbragte sine treogtyve velholdte piber i en dobbelt række på væggen og en Kristusfigur af gips over sit skrivebord. I en krog skjulte han sit medbragte forråd af tobak (to heltønder posemelange og tre kasser af de billigste cigarer), og over sengen fæstede han et selvlysende kors med en gudelig inskription. Med særlig forkærlighed dvælede han ved opstillingen af sit "bibliotek", der bestod af en samling gamle og værdiløse ting, som han havde købt i pundevis hos en boghøker for at have noget at fylde op med; og da han med skønsomhed havde fået dem anbragt i reolerne, således at de ikke stod for tæt, dækkede de også næsten en hel væg ligesom i bispens eget studerekammer.

I det hele taget manglede han intet til værelsets udstyr; han havde en grøn skærm til at hænge over studerelampen, en kvast med fidibusser, en voksstabel og en splinterny stang lak; ja, selv en spyttebakke og en lille dug til at lægge under vandkaraflen havde han ikke forsømt at tage med sig.

Da så alt omsider var på plads, slog han sin grå slåbrok omkring sig med en bevægelse som en flagermus, der folder sine vinger sammen, satte sig på en stol midt på gulvet og lod blikket drage langsomt beskuende rundt i stuen med et lykkeligt smil, der fortalte, at han her stod foran virkeliggørelsen af en længe næret drøm, ved enden af en lang og møjsom bane, på hvis lykkelige fuldendelse han næsten ikke havde turdet tro.

Kapellan Ruggaard hed oprindelig beskedent nok Niels Peder Madsen og var en velhavende bondes søn fra de fede, østjyske egne, hvor børnene – som der siges – fødes med en sølvskilling i hånden. I sit femtende år blev han sat i købstadens lærde skole og havde her foretaget den første forandring med sit navn ved tilføjelse af stedbenævnelsen Ruggaard. Senere havde han ladet det undergå en ombytningsproces fra Ruggaard-Madsen til Madsen-Ruggaard, indtil han ganske havde bortkastet det besværlige Madsen og alene bevaret navnet Ruggaard.

En ganske tilsvarende forvandling var samtidig foregået med hans person. Den rødmossede og firskårne bondedreng var efterhånden blevet blegladen og fed; det store, runde hoved var sunket dybere ned mellem skuldrene, og de farveløse øjne stirrede frem med et nærsynet, stikkende blik. Som han sad der indhyllet i den grå slåbrok med sit hvidgule, ganske kortklippede hår, sine store, runde briller, sin flade næse og fuldkommen blodløse hud, lignede han en maddike, en af disse blege, lyssky ormeskabninger, der indfinder sig overalt, hvor råddenskaben begynder, og som – set i mikroskop – synes at stirre én i møde med et par store, dumme og grådige hornøjne.

Skønt der fra de overordnedes side naturligvis ikke var blevet kapellan Ruggaard noget særskilt betydet, havde han haft en fuldkommen klar og korrekt forestilling om, hvad hans opgave her i sognet foreløbig var, og hvad man ventede sig af ham. Han indså, at der her åbnede sig en fortrinlig lejlighed for ham til at erhverve sig sine høje foresattes gunst, - foruden naturligvis til at virke til gavn for kirken og dens anseelse. Han havde dog været klog nok til i begyndelsen at gå frem med største forsigtighed over for en befolkning, der allerede var sunket så dybt i forblindelse. Han begyndte sin mission med meget beskedent at fremstille sig for egnens formående folk som pastor Müllers ringe medtjener og oprigtige ven. Først lidt efter lidt forsøgte han – dog altid kun på tomandshånd og i de varsomste udtryk – at vække tvivlen om hans tilregnelighed.

”Ak ja – vor kære pastor Müller!” kunne han vemodigt sige på det brede mål, der var bevaret som et uforgængeligt minde om hans bondefødsel. ”Bare han dog ville unde sig lidt hvile, lidt fred! Hans mange fortræffelige egenskaber til trods – dem ingen kan skatte i fuldere mål end jeg – så lader det sig vel næppe længere nægte, at der begynder at vise sig tegn til en højst beklagelig svækkelse af åndsevnerne. Nå – alt står i Guds hånd! Måske er det kun en ganske forbigående tilstand!”

Men med al sin bondesnuhed havde han aldeles intet opnået. Det var så langt fra, at den bevægelse, Thorkild Müller mere og mere vakte rundtom, havde virket afskrækkende på hans sognebørn, at de tværtimod sluttede sig til ham med des større stolthed, jo mere modstand og opsigt han vakte. Kapellanen var da efterhånden blevet rasende. Han havde tænkt at vinde en let og hurtig sejr over den uvidende grønlænder, der – han vidste det bestemt! – end ikke kunne sine tre trosartikler helt nøjagtigt. Men sognets bønder ville slet ikke høre på ham, når han begyndte at udkramme sin universitetsvidenskabelighed for dem, og lod sig ikke i mindste måde imponere af hans store bogsamling. Det var til sidst end ikke langt fra, at de, smittede af Müllers eksempel, begyndte at behandle ham på en overlegen måde og gøre sig lystig på hans bekostning. De kaldte ham oftest blot ”Madsen”, alene for at drille ham, - ja ved en lejlighed, hvor også pastor Müller var til stede, havde en ung fyr råbt til ham, da han kom:

”Der har vi såmænd hr. kapellan Madsen-Rugbrød!”

Denne dumme vittighed havde de så alle leet af; og Müller havde sendt en lattersalve op mod loftet og senere ved

alle lejligheder gjort sig en fornøjelse af med højtidelig-
hed at forestille ham med de ord:

"Min højærværdige foresatte – hr. biskop Madsen-
Rugbrød!"

Men hævnens time skulle komme. Hin mørke vinternat,
da Thorkild Müller – trodsende snebyger og vinterstorm,
kun fulgt af sine hunde – drog af sted over ødemarkerne
for at komme tidsnok til at berette en gammel, syg mand,
gød han den dråbe i forargelsens bæger, der fik det til at
flyde over.

Den gamle mand, som den nat lå for døden, havde langt-
fra levet noget eksemplarisk liv. Han havde blandt andet
aldrig sat sine fødder i kirken, fordi han – som han sagde
– "aldrig havde haft tøj dertil." Han havde nu sendt bud
efter præsten for dog at få lidt at vide om det liv, han skul-
le indgå til; og Müller satte sig ved hans seng og gav sig
som sædvanlig til at fortælle, hvad han ifølge Bibelens
ord mente at vide derom.

Da han var færdig, lå manden en stund og grundede.
Derpå sagde han:

"Ja, men – får vi da hverken ædelse eller drikkelse der-
oppe?"

Müller måtte benægte dette.

"Og der er hverken koner eller kærester, si'er I? "

Nej – deroppe toges ikke til ægte.

"Får man da itte så meget som en bid skråtobak heller?"

Men da Müller også hertil måtte svare benægtende,
vendte den gamle hovedet om mod væggen, som om han
ville sige, at det himmerig brød han sig ikke om at komme
i.

Müller, som så denne bevægelse og forstod dens betyd-
ning, blev med ét eftertænksom. Efter en stund at have
stirret mod gulvet rejste han beslutsomt hovedet og sagde,
at det var noget snak, han før havde fortalt ham, for i
himmerig fik alle det præcis således, som de selv ønskede

det. Og for at gøre sin tanke rigtig forståelig for den gamle mand, udviklede han nu nærmere, hvorledes man i det hele deroppe i himlen bare behøvede at udtrykke et ønske for at få det opfyldt. Dersom han derfor skulle føle sult deroppe, så ville englene sikkert nok straks dække et bord for ham med de kosteligste retter, som han selv kunne vælge imellem. Ifald han fik lyst til en kone, ville han heller ikke i den henseende komme til at lide nød, - ja, selv om han virkelig deroppe skulle føle trang til skråtobak, så ville såmænd Vorherre selv med glæde række ham en ende, for han kunne ikke nænne at sige nej til sine kære børn, som var døde i troen på ham som deres ejegode far; han ville netop, at hos ham skulle alle føle sig som hjemme.

Efter denne forklaring vendte manden atter tilfreds og beroliget sit hoved. Derpå foldede han de runkne hænder, modtog det hellige sakramente og sov lidt efter ind i sine fædres tro.

Men da denne historie blev bekendt, rejste der sig et forargelsens skrig fra alle omliggende præstegårde og degneboliger. At fremstille Vorherre som en almindelig skænkevært og sjælens hjem som en smudsig beværtning – det gik over alle grænser! Provsten satte sig straks ned for i en fortrolig skrivelse at meddele bispen det passerede. Han sluttede med den bemærkning, at man vel herefter kun kunne gribe til den forklaring – som (tilføjedes der i parentes) ikke heller var ualmindelig såvel i som uden for sognet – at pastor Müllers åndelige evner ikke længere var usvækkede, men at han måtte siges at lide af allerede i høj grad udviklet sjælsforstyrrelse.

Efter modtagelsen af denne skrivelse slog bispen utålmodigt knoen i sit skrivebord og tog en længe ventet beslutning; han meldte gennem provsten sin ankomst til sognet.

4. kapitel

Allerede før klokkerne begyndte at ringe sammen, var den lille kirke stuvende fuld af folk. Hver plads – lige op til de to rækker rørstole og den højryggede kurvestol i koret, som var bestemt til bispen og hans følge – optoges af en højtidelig og højtidsklædt forsamling, der i bekymring og spænding ventede på, hvad denne dag ville bringe. Nogle sad ganske skrutryggede af benovelse og stirrede ned på de foldede hænder i skødet, som om de i stilhed ransagede deres samvittigheder, og det blev almindeligt bemærket, at flere af Thorkild Müllers nærmeste venner slet ikke havde indfundet sig.

Nu var denne bispevisitats også fra de overordnede kirkemyndigheders side sat i scene på en måde, der tydelig havde til hensigt at skræmme befolkningen. Kapellan Ruggaard og sognets skolelærere havde sneget sig omkring med betænkelige og hemmelighedsfulde miner, som om der forestod noget forfærdeligt. Der blev fortalt, at ikke alene skulle sognets skoler inspiceres og kirkebygningerne, kirkegården og overhovedet alle forhold, kirke og skole vedrørende, nøje undersøges; men bispen ville ved en særlig gudstjeneste forlange de sidste fem årgange af sognets konfirmander fremstillet på kirkegulvet for personlig at overhøre dem.

Dog, heller ikke Thorkild Müller havde ligget på den lade side. Han forstod meget godt, hvortil alle disse anstalter sigtede, og han havde sagt til sine venner: "Nu vel, vil de have krig, så skal de få den!" Allerede i nogen tid havde han – opirret af sine nabopræsters vedvarende chikanerier – følt lyst til engang at rejse sig på bagbenene for ligesom en rigtig bamse, når den forfølges af bjæffende hunde, at skaffe sig respekt ved at gribe en af køterne i ørerne og ruske den lidt. På sine lange, ensomme spadsereture gennem det forårsgrønnende land, hvis bløde, tungt blundende, tågetilslørede natur var ham som et billede på hans egen dådløse ungdoms henflydende drømmeliv, havde han endog kunnet tumle med dristige planer om at rejse en almindelig kamp i folket for at bryde velærværdighedernes tyranni. Han kunne undertiden formelig fnyse af stridslyst. I hans syner vrimlede det med småbitte, arrige præsteskikkelser, der skreg op imod ham med truende fagter; og idet han i sin fantasi så den hele sorte, pibekravede bande troppe op, geled bag geled, med de fløjlsmavede bisper på fløjene, kunne der tændes det samme vilde glimt i hans øje, den samme glød på hans kind som i gamle dage under de hidsige renjagter på de store højsletter under indlandsisen.

Meddelelsen om bispens ankomst, der – af ham som af alle andre – opfattedes som et forbud på hans afsættelse, havde gjort det af med den sidste rest af hans besindighed. Uden i øvrigt at være synderlig klar over sit mål ville han prædike revolution, plante oprørsfanen i den danske menighed. Som han med sin rungende latter havde sagt til sine venner: ”D'hrr. Velærværdigheder skal dog få at fornemme, at de virkelig har sluppet en bjørn ind i fårefolden!”

Aldeles uden at mærke den uro, som rygtet om bispens komme straks havde vakt i den før så tillidsfulde menighed, havde han allerede besvaret sine embedsbrødres udfordring med en række egenhændige foranstaltninger af langtrækkende betydning. Blandt andet havde han ved sidste kirkestævne ladet kundgøre, at alle tiendeydelser til hans embede såvel som offer, accidenser og lignende for fremtiden skulle bortfalde, idet han gjorde gældende, at den frie afbenyttelse af præstegårdens tilliggende var endog rigelig betaling for det arbejde, en præst forrettede, og at denne idelige beskatning af befolkningen ved bryllup, dåb og konfirmation kun var egnet til at ødelægge forholdet mellem præsten og hans menighed.

Men netop denne usædvanlige uegennyttighed var blevet skæbnesvanger for ham under disse dages kamp mod kapellan Ruggaards pludselig voksende indflydelse i menigheden. Den mistanke til Thorkilds tilregnelighed, som denne Herrens tjener hidtil forgæves havde søgt at indsmugle hos befolkningen, havde nu fundet næring. At en præst ikke ville tage mod offer og tiende, - penge, som han havde lovlig hævd på – det kunne da enhver forstå, var galmandstanke!

Der blev en almindelig, forsigtig trækken-sig-tilbage fra Thorkild efter denne dag; og da han mærkede, at vennerne begyndte at svigte, for han frem imod dem med en voldsomhed, der kun gjorde ondt værre. Med ét slag var det blevet alle klart, at de havde en gal præst.

I de sidste to uger havde han raset omkring i byerne som et vildt dyr for snart ved trusler, snart ved overtalelser at rejse sin sunkne anseelse; men hvor han kom hen, havde han enten fundet gårdportene lukkede, eller mændene var smuttet bort og havde gemt sig i staldene for at blive fri for at tale med ham, mens de lod konerne tage imod ham inde i stuen og sidde og snakke ham efter munden, indtil han gik. Enkelte steder havde man endog i forskrækkelse pudset hundene på ham, når han kom til døren med sin pigstav og sine af vejsølen tilstænkede klæder, med uredt hår og skægget strittende vildt ud fra det blege, af ophidselse fordrejede ansigt. Bagefter havde man omhyggeligt pudset dørlåsen med trippelse, - for gal mands håndsved gav sygdom i leveren.

Endnu til den foregående aften havde han indbudt sine venner til et møde i præstegården; men der var ingen mødt.

Derfor sad man nu i kirken og ventede med angst og spænding på, hvad denne time ville bringe. Derfor sad der inde i stolestaderne så mange duknakkede skikkelser og stirrede ned på de foldede hænder i skødet, som om de angergivne befriede sig for enhver samhørighed med den mand, over hvem dommen nu skulle fældes.

Egnens præster begyndte at indfinde sig. Med snehvide pibekraver anbragte de sig på de to rækker rørstole i koret og kastede herfra strenge blikke ud over den vildledte menighed. Oppe i det lille rum bag ved alteret gik kapellan Ruggaard frem og tilbage med hænderne på ryggen og talte højt med sig selv af spænding. Han formelig skinnede af triumf og forventning. Han så sin fremtid for sig i et dybt og strålende perspektiv, der endte i selve Slotskirken i København, hvor han – landsbydrengen, den foragtede og latterliggjorte bondestudent – stod for alteret i bispeornat med guldbrokades messehagel og kommandørkorset om halsen. Og hans sjæl var fuld af taknemlighed, hans øjne af fromme tårer.

Uden for kirkeporten stod sognets skolelærere i sorte kjoler og med hvide slips for at give vink til klokkeren og sende bud ind til præsterne, så snart provstens vogn – med hvilken bispen ville komme – viste sig over bakkerne. Bispen havde meldt sin ankomst til kl. ti præcis, til hvilken tid gudstjenesten skulle begynde. Senere på dagen ville han indfinde sig i skolerne og derpå tage tilbage med provsten inden aften.

Men endnu var Thorkild Müller ikke kommet.

”Det manglede bare!” sagde den lille visne skolelærer, som Thorkild i sin tid havde endevendt ved bondebrylluppet, og som siden havde forfulgt ham med et tænderskærende had. ”Det manglede bare, at han skulle lade bispen vente! Det kunne såmænd ligne ham, den – um – sjover – rent ud sagt. De har vel hørt, hvad han ville have givet til præstemiddagen i dag, dersom bispen ikke havde frabedt sig al servering. Gule ærter og flæsk! Hvad gi'r De mig? ... En sådan hån og opsætsighed! --- Den – um – møgbonde!”

Hans kollega, den tykke Mortensen, gryntede samstemmende.

"At tænke sig en frækhed!" vedblev den anden med en stemme, der slog over af arrigskab. "Nu mangler klokken kun to minutter i ti, og endnu viser han sig ikke! De skal få at se, Mortensen, - han vil lave skandale. Han nærer sig ikke, før han får lavet optøjer inde i kirken. Han skal nok have været aldeles rasende derhjemme i nat, har jeg hørt. Kapellanen fortalte, at han hele natten havde hørt ham rumstere nedenunder, så det var forskrækkeligt. De kan tro, han har haft noget for! Han nærer sig såmænd ikke, før han - - Men, Gud bevares! Mortensen… der er jo vognen! … Jakob! Ring! Ring – for fanden! - -"

Klokken begyndte at lyde, den lille degn for ind i kirken, og straks efter kom alle præsterne forvirrede og rådvilde ud. Hvad skulle der gøres? Pastor Müller var endnu ikke kommet! Det var jo uhørt! Der måtte øjeblikkelig sendes bud efter ham - -

I det samme holdt vognen foran kirkeporten.

Bispen var en lille, mager mand med et klogt, skarpt tegnet ansigt og fornemme manerer. Han hilste tavst, en smule køligt, på de tilstedeværende præster, så sig derpå omkring og spurgte forundret:

"Er pastor Müller ikke til stede?"

Kapellan Ruggaard kom nu krybende ud fra præsteklyngen – med de farveløse øjne formelig væltende ud over brillerne af ydmyg tjenstivrighed. Han meddelte, at hr. pastor Müller desværre endnu ikke havde indfundet sig, men at der øjeblikkelig skulle blive sendt bud efter ham.

Bispen så koldt på ham med et udtryk, der i det hele ikke tydede på forelskelse.

"De skal ingen ulejlighed gøre Dem. Pastor Müller ved, at gudstjenesten er berammet til klokken ti. Den mangler endnu et minut … Lad os gå ind!"

I det samme fik han øje på den tykke skolelærer Morten-
sen, der paraderede ved indgangen – ganske bleg og for-
pustet af den anstrengelse, som den uvante oprejste stil-
ling voldte ham.

Efter at have betragtet ham lidt spurgte bispen temmelig
hvast:

"Hvad er Deres navn?"

Mortensen fik af forfjamskelse sit eget navn forkert i
halsen, så den anden degn, der i dyb ærbødighed stod ved
siden af ham med en cylinderhat foran på maven, til sidst
fandt sig foranlediget til at svare for ham.

Bispen flyttede da hurtigt sine gennemtrængende øjne
hen på denne og sagde endnu mindre blidt:

"Kan den mand ikke svare for sig selv? Hvad hedder da
De selv?"

"Mikkelsen!"

"Ja så," sagde bispen med en foragtelig betoning; hvorpå
han gik ind i kirken, fulgt af sit pibekravede følge.

Mikkelsen og Mortensen så spørgende på hinanden og
derpå forbløffede ud i luften.

"Hvad mente han med det?"

"Ja – Gu' véd."

"Hvad var det egentlig, han sa'e?"

"Sa'e han noget?"

"Næ."

"Det var da løjerligt."

Der rejste sig en mægtig bevægelse inde mellem kirkens
tætpakkede skarer, da den lille bisp i silkekjolen og med
kommandørkorset om halsen trådte ind i koret og – efter
at have kastet et hastigt mønstrende blik ud over forsam-
lingen – satte sig til rette i den højryggede kurvestol. Præ-
sterne anbragte sig i tavshed på rørstolene bag ved ham,
og et øjeblik blev der så stille i kirken, at man kun hørte
klokken summe højt oppe i tårnet.

Så tav også den.

Den lille skolelærer stak hovedet ud af sit aflukke og så spørgende hen på kapellan Ruggaard. Denne så igen på provsten, og denne igen på bispen, der imidlertid sad utilgængelig med hænderne foldede i sit silkeskød og så stift frem for sig.

Først i dette øjeblik gik det op for folk nede i kirken, at Thorkild Müller endnu ikke var kommet, og at det var ham, man ventede på.

Der blev almindelig bestyrtelse. Skulle han virkelig have til hensigt at holde bispen for nar. Det ville dog, ved Gud, være at drive spasen lovlig vidt! … Alles øjne rettedes på ny mod bispen. Over hele kirken strakte man hals og løftede sig på tæerne for at iagttage det bestandig mørkere og mere tillukkede udtryk i hans magre ansigt.

Endelig stak han hånden inden for kjolen, trak et guldur frem og gav derpå et vink til kapellan Ruggaard, der stod som på kattespring ved siden af alteret. Kapellanen lod vinket gå videre til degnen, der derpå trådte frem og indledte gudstjenesten.

Alle bøjede hovedet; bønnen blev holdt, og salmesangen begyndte. Men for hvert vers steg spændingen i forsamlingen; thi Thorkild Müller lod sig vedvarende ikke se, og pladsen foran alteret stod endnu tom. Man kunne nede fra kirken iagttage, at kapellan Ruggaard gennem provsten førte en underhandling desangående; men bispen rystede blot på hovedet, og præsterne så spørgende på hinanden.

Da salmen var til ende, ventede man endnu en lille stund, i hvilken der igen var så stille i hele kirken, at der formelig gik som et suk gennem forsamlingen, da en mand nede i et af de bageste stolestader tabte en salmebog på gulvet.

Med ét rejste bispen sig fra sin stol og gik op til alteret, tog sit lommetørklæde frem, tørrede sig om munden,

vendte sig derpå mod forsamlingen og begyndte altertje-
nesten.

Men dette rørte menigheden, så mange fik tårer i øjnene.
Idet hans smukke, velskolede stemme lød hen over deres
hoveder, grebes de af en egen højtidelighed, en følelse af
tryghed og fred, som de ikke længe havde kendt. Det var,
som om milde engle igen tog bolig herinde under de gen-
lydende hvælvinger, fra hvilke Thorkild Müller havde
skræmt dem bort med sin frygtelige bas.

Da mesningen var forbi, begyndte salmesangen igen. Det
var en salme med mange og lange vers, men der var næp-
pe en eneste i kirken, der længere kunne fæste tankerne
ved ordene. Man fik at vide, at der nu var sendt bud efter
Müller; men sangen forstummede, uden at han havde vist
sig.

Pludselig blev der røre henne mellem præsterne, prov-
sten rejste sig op og nikkede til degnen, der fik travlt og
smuttede ud. Lidt efter hørte man døren op til prædikesto-
len blive åbnet og trappen knirke under trin ... Endelig! –
Nu var han der! ...

Men da man i stedet for Thorkild Müllers vildmandsho-
ved så kapellan Ruggaards maddikeblege ansigt dukke op
over prædikepulten, anede man, at der var hændt noget
afgørende, og der gik et stille gys gennem forsamlingen.

Først da gudstjenesten var forbi, og man strømmede ud
af kirken, erfarede man sagens sammenhæng: "Bjørnen"
var om natten pludselig rejst bort. Han havde kun taget
sine hunde og sit egespir med sig; og på hans dør fandt
man skrevet med kridt hans afskedshilsen i de ord:

**I har de tyranner, som
I fortjener.**

I Søby og Sorvad har man siden intet hørt fra Thorkild
Müller. Man fik blot at vide, at han straks var rejst tilbage
til Grønland.

Måske lever han deroppe endnu.